Ingrid Geiger

Z'viel isch au nix

Ingrid Geiger

Z'viel isch au nix

SCHWÄBISCHE UNGEREIMTHEITEN

Silberburg-Verlag

Ingrid Geiger, geboren 1952 in Reutlingen. Ihre Jugend- und Studienzeit verbrachte sie in Köln. Nach ihrer Heirat kehrte sie nach Baden-Württemberg zurück. Sie lebt heute in einer ländlichen Gemeinde am Fuß der Schwäbischen Alb. Ab 1988 veröffentlichte sie zunächst Kinderbücher, dann Gedichte in schwäbischer Mundart und mehrere heitere Familienromane.

Gedruckt mit freundlicher Unterstützung
des Fördervereins Schwäbischer Dialekt e. V.

1. Auflage 2017

Umschlaggestaltung: Anette Wenzel, Tübingen,
unter Verwendung eines Aquarells von Adam Stiefel.
Illustrationen im Innenteil nach Aquarellen von Adam Stiefel.
Druck: CPI books, Leck.
Printed in Germany.

ISBN 978-3-8425-2059-2

Für meine Eltern,
die mir die Freude am Schreiben
in die Wiege gelegt haben,

und für Peter,
durch den ich ins Ländle
zurückgekommen bin.

Vorwort

Liebe Leserin, lieber Leser,

»Mit vierzig wird dr Schwob erscht gscheit«, sagt man. Ob ich mit vierzig »gscheit« geworden bin? Wohl kaum. Aber ich habe damals angefangen, schwäbische Gedichte zu schreiben. Auf Schwäbisch deshalb, weil es meine Muttersprache ist, die ich auch während meiner Jahre im Rheinland nicht verlernt habe. Es ist die Sprache, die Vertrautheit schafft, in der meine Gefühle zuhause sind und die ich im Alltag spreche – und darum geht es in meinen Gedichten.

Erstmals in den Neunzigerjahren veröffentlicht, haben sich die beiden Gedichtbände »Z'viel isch au nix« und »Des mag i« in mehreren Auflagen verkauft. Dann waren sie längere Zeit vergriffen und wurden immer wieder bei mir nachgefragt.

Ob sie noch zeitgemäß sind? Wenn ich die Reaktionen der Zuhörer bei meinen Lesungen als Gradmesser nehme, muss ich die Frage mit einem überzeugten Ja beantworten. Die Zeiten ändern sich – die Menschen mit ihren Gedanken und Gefühlen offensichtlich nicht.

Ich freue mich und bin dem Silberburg-Verlag sehr dankbar, dass er sich entschlossen hat, die Gedichte noch einmal aufzulegen, in einem »Best-of« sozusagen, denn nicht alle 104 Gedichte und Texte hatten in diesem Bändchen Platz.

Ganz herzlich danken möchte ich an dieser Stelle auch Familie Kümmerle aus Göppingen, die uns gestattet hat, auch dieses Büchlein mit den stimmungsvollen Bildern ihres Vaters zu schmücken.

Ich hoffe, dass Sie mit meiner Textauswahl einverstanden sind, und wünsche Ihnen viel Spaß beim Lesen

Ihre Ingrid Geiger

Glücksmomente

D' Hausdür uffschließe,
d' Schuh ausziehe,
a Tass Tee trinke,
wisse: Jetz bisch drhoim!

Vor em Kindergarte warte,
an Haufe Kinder rausstürme sehe,
oins fliegt dr um de Hals,
wisse: Des oine isch meins!

Morgens uffwache,
entsetzt uff de Wecker gucke,
feschtstelle, dass mr verschlafe hat,
plötzlich wisse: Heut isch Sonndag!

De Briefkaschte uffmache,
d' Poscht raushole,
an Brief drbei finde,
wisse: Uff den hasch a halbs Jahr gwarted!

A Enttäuschung erlebt han,
zum Telefonhörer greife,
a bestimmte Nummer wähle,
wisse: Dr andre isch für mi da!

's gibt Leut, die saged:
»I han oifach koi Glück!«,
und warded a Lebe lang
uff an Sechser im Lotto.

Was isch an Schwob?

Oiner, der mit zwanzig no koin Bausparvertrag hat
und mit fuffzig no d' Miete
für a Etagewohnung zahlt –
des isch koiner.

Oiner, der sein Salat im Supermarkt kauft,
statt dass er n hinterm Haus
in seim Frühbeet selber zieht –
des isch koiner.

Oiner, der net jede Woch sei Trottwar fegt,
mitsamt dr Garasch
und dr Trepp in Keller nonter –
des isch koiner.

Oiner, der sei alte Zahbürscht wegschmeißt,
statt dass er se uffhebt
zum Butze von seine Rolladeschlitz –
des isch koiner.

Oiner, der d' Mark net dreimal rumdreht,
bevor er se ausgibt, und nachher denkt:
50 Pfennig hättet's eigentlich au do –
des isch koiner.

Oiner, der seine Bette
im Sommer zum Auslüfte
net aus em Fenschter naushängt –
des isch koiner.

Was na an Schwob isch,
willsch jetz endlich wisse?
Also so genau woiß i des au net!

Tischordnung

Guck mol, so han i mir d'Tischordnung denkt!

Denkt? Denkt hasch da gar nix!
Sonsch hättsch d' Dande Hermine
net nebe de Onkel Gustav gsetzt.
Die streited sich doch seit zwanzig Jahr
um den halbe Quadratmeter Acker,
den dr Opa em Onkel Gustav
ageblich zviel vererbt hat.
Drbei wachst uff dem Burre sowieso nix.

Also gut. Na setz i d' Hermine nebe de Otto.
Aber wo setz i na d' Klara na?

Nebe de Onkel Hugo.
D' Klara schwätzt doch de ganze Nachmittag
sowieso bloß über ihre Krankheite.
Und dr Onkel Hugo isch stocktaub,
dem isch des egal.
Der sagt zu allem »ja, ja«,
und ebbes anders will d' Klara sowieso net höre.

Gute Idee. Und uff d' andre Seit vom Onkel Hugo
setz i de Heiner.
Dem sei Fachsimpelei über Tennis
kann au koi Mensch länger als a halbe Stund ertrage,
wenn er net Boris Becker hoißt
oder taub isch wie dr Onkel Hugo.

Und d' Marlene? Wo setze mr di na?
Die isch doch praktisch mit dr ganze Familie verstritte.
Aber dr Onkel Hugo hat bloß zwoi Seite,
und er isch leider dr oinzige Taube in dr Familie.
So a Pech!

Woisch was?
I schmeiß die ganze Tischkarte in de Kudderoimer.
Streite den se oineweg,
aber na bin i wenigschdens net schuld dra.
's isch manchmal scho a Kreuz
mit dere bucklige Verwandtschaft!

Z'viel isch au nix

Früher hen unsre Mütter kocht,
was grad günstig war
oder was im Garde gwachse isch.
Heut standed mr ratlos
mit de volle Geldbeutel vor de volle Regal
und stöhned:
»I woiß gar net,
was i heut koche soll!«

Z'viel isch au nix!

Unsre Vädder hen sich Pfeil und Boge gschnitzt,
weil zum Spielsach kaufe koi Geld da war,
und hen an Haufe Spaß drbei ghet.
Unsre Kinder sitzed in Zimmer,
die aussehed wie halbe Spielzeuglāde,
und stöhned:
»I woiß gar net,
was i spiele soll!«

Z'viel isch au nix!

Unsre Urgroßmütter hen oi guts Kleid ghet,
des hen se sonndags in d' Kirch azoge
und zu alle Familiefescht au.
Heut hängt dr ganze Schrank voller Kleider,
und dauernd kaufe mr no meh drzu,
und na standed mr drvor
und stöhned:
»I woiß gar net,
was i heut aziehe soll!«

Z'viel isch au nix!

A Kind

A Kind –
weniger Schlof,
weniger Zeit,
weniger Geld,
weniger Ruh,
weniger Freiheit,
weniger Sorglosigkeit,
weniger Unabhängigkeit,
weniger Zweisamkeit.

A Kind –
meh Lebe,
meh Freud,
meh Zärtlichkeit,
meh Zukunft,
meh Lache,
meh Sinn,
meh Liebe,
meh Glück.

»Nouvelle Cuisine« oder »Spätzle mit Soß«

Geschtern sin mr esse gwese,
d' Heike und i.
Sonsch gange mr sonndags immer ins »Lamm«,
da gibt's Schnitzel, die sin so groß,
dass se über de Dellerrand nonderhänged,
und Spätzle und Soß zum Nochbschtelle,
soviel de willsch.
Aber weil's dr Heike ihr Geburtsdag war,
hat's ebbes bsonders sei solle.

Also i han mi scho gwundert,
wo i die Speiskart gseh han.
Riesegroß, koi Esse under dreißig Mark,
aber net amol Geld für a Schreibmaschin –
alles isch von Hand gschriebe gwese:
dr Schrift noch war's d' Oma.

D' Supp hat »Essenz« ghoiße
und isch in ma Moccatässle serviert worde.
Essenz hoißt: halb so viel und doppelt so deuer.
's Floisch war au a bissle kloi und z' kurz in dr Pfann,
und »frittierte Petersilie« als Gmüs
isch au net obedingt mei Gschmack!

's war alles schön naglegt
und gleichmäßig uff em Deller verdeilt,
die große leere Stelle drzwische
hen se gschickt mit kloine Tomätle zudeckt.
Also, weniger dekorativ und drfür meh uff em Deller
wär mr scho lieber gwese.

Dass se mr nachher mein Kaffee
mit me kloine Schoklädle serviert hen,
und dass i dr Heike net selber
han in Mantel helfe müsse,
des hat mi über die Enttäuschung
au nemme wegtröschte könne.

Also oins stoht fescht:
Wenn mr uns von dera Rechnung erholt hen,
gange mr wieder ins »Lamm«!
Was an rechter Schwab isch,
der braucht seine Spätzle mit Soß
und koi »Nouvelle cuisine«
uff ma dekorative Deller!

Im Straßecafé

I sitz so gern
im Straßecafé,
oifach bloß gucke,
da brauch i net meh.

Am schönste isch's,
du machsch des zu zwoit,
trinksch in Ruh dein Kaffee
und beobachtesch d' Leut.

Der hat an Ranze
so rund wie an Ball,
und guck mol den Hut a –
ha die hat doch en Knall!

Die hat a Paar Fiaß
halb x und halb o,
und in dere ihrer Blus,
da wackelt's bloß so.

Die däd au besser
ebbes anders trage,
und wie sieht denn der aus,
kasch mr des amol sage?

Fernseh und Kino
kasch alles vergesse,
's ka sich gar nix
mit dem Vergnüge messe.

Oifach bloß läschdre
so richtig gemein,
und bloß net dra denke,
's könnt mal andersrum sei!

Arm und reich

Wenn de gnug Geld hasch,
na kannsch dr fascht alles kaufe.

A neus Kleid zum Beispiel,
aber net d' Freud dra.

Oder a Urlaubsreise,
aber net de Sonneschein drzu.

Au a gude Stellung,
aber net de Erfolg.

Vielleicht au Verbündete,
aber net ihr Freundschaft.

Manchmal sogar Mensche,
aber net ihr Zuneigung.

Des, auf was es akommt im Lebe,
kannsch bloß gschenkt kriege.
Deshalb isch's gar net immer so klar,
wer jetz reich isch und wer arm.

Beispiel erzieht

»So an Seggel, so an saudommer!
Muss der mir jetz de letschde Parkplatz wegschnappe!
Ha, des isch doch an Bachl, an bleder!
Was hasch du grad zu deim Bruder gsagt?
Affearsch? Wo du bloß immer die Ausdrück herhasch!
Solche Schimpfwörter will i fei nemme höre,
sonsch setzt's was!
Isch des klar?«

»Heut han i zufällig dei Lehrerin droffe.
An Fümfer hasch du in dr letschde Arbeit gschriebe
und koin Dreier, hat se gsagt.
Also, wenn de mi nomol so frech alügsch …
Hasch du a Glück, dass grad's Telefon klingelt.
Nimm mol ab!
Aber gell, wenn's dr Dieter isch –
i bin fei net da!«

Beispiel erzieht –
sagt mr!

Urlaub

's isch scho an Stress
bis mr endlich fort isch.
Alles soll gwasche und bügelt sei
bis uff's letschde Underhösle,
d' Koffer packt und 's Haus butzt –
was soll denn sonsch d' Frau Scheufele denke,
wenn se zum Blumegieße rumkommt!

Dr Ma macht a Gsicht wie drei Dag Regewetter,
wo 'r die viele Koffer im Flur stande sieht.
Mr könnt grad moine,
des sei alles bloß unser Sach,
und von ihm wär nix drbei
als wie bloß sei Zahbürscht.
Von wege!

Endlich isch alles fertig:
d' Zeidung isch umbschdeld,
dr Dackel zur Oma bracht
und dr Briefkaschdeschlüssel zur Frau Scheufele,
's Auto isch packt,
d' Hausdür abgschlosse –
's kann losgange!

Mr sin no net amol in München,
da standed mr scho im Stau.
Nix goht meh,
vorne net und hinde net – uff vierzig Kilometer.

's Auto isch hoiß wie an Backofe,
d' Kinder sin oleidig und haued sich –
warum müssed au alle Leut
am gleiche Dag losfahre wie mir?

Endlich sin mr da!
's Zimmer goht auf d' Baustell naus,
dr Abfluss in dr Dusche funktioniert net,
und wenn de net morgens um siebene
mit deim Handduch zum Strand nonderrennsch
und en Liegestuhl belegsch,
na liegsch »Ölsardine Reihe 5« –
aber sonsch isch's schön!

Nebe dr plärrt dr Heino aus em Radio,
hinter dr d' Kinder vom Zimmer nebedra,
dei Bua will scho wieder a Geld für a Eis,
und irgendoiner schmeißt dr Sand
uff dein frisch eigölde Buckel.
Aber 's Wasser isch herrlich –
außer manchmal, wenn's Alge hat,
da gohsch na freiwillig net nei.

Du machsch deine Auge zu
und dräumsch de weg.
Liegsch drhoim uff deim Balkon
und 's isch a himmlische Ruh,
weil alle im Urlaub sin.

Abends gosch in d' »Krone«,
da gibt's Mauldasche mit Kardoffelsalat
und net älleweil Pizza und Spaghetti.
Und wo de abends in deim Bett liegsch, woisch,
was dr die ganze Zeit am meischde gfehlt hat.

's isch scho verrückt,
was mr alles uff sich nemme muss,
bloß damit mr wieder woiß,
wie schön mr's drhoim hat.

Er fehlt mr

Dass 'r beim Lese d' Zeitung so zerfleddert hat,
dass 'r de Fernseher immer so laut gstellt hat
und dauernd drzwischegschwätzt hat,
wenn i ebbes han sehe welle,
des hat mi immer gärgert –
jetz fehlt mr's.

Dass 'r nachts so laut gschnarcht hat,
dass 'r morgens in aller Früh romgeischdert isch,
und dass 'r seine Schuh immer so nagstellt hat,
dass i schier drübergfloge bin,
des hat mi immer gärgert –
jetz fehlt mr's.

Dass 'r seine Socke überall hat romfahre lasse,
dass 'r d' Zahpastatub net von hinde her ausdruckt hat,
und dass 'r nie a neue Kloroll gholt hat,
wenn 'r 's letzschde Blatt verbraucht hat,
des hat mi immer gärgert –
jetz fehlt mr's.

Er fehlt mr.
I dät so gern no a bissle mit em bruddla.

Kindheit

Aus dr Schul komme,
uff dr Trepp scho schnuppre,
was es zum Esse gibt,
froh sei, wenn's koi Spinat isch –
Kindheit

Am Nachbarhaus läute,
de beschte Freund abhole,
im Wald a Lägerle baue,
für oin Dag Robinson Crusoe sei –
Kindheit

Nachts im Bett lesa
mit dr Daschelamp unter dr Bettdeck,
ganz heimlich,
damit's dr Babba net merkt –
Kindheit

Krank im Bett liege,
wisse, dass mr net in d' Schul muss,
warm eipackt sei bis zum Hals
und a Gschicht vorglese kriege –
Kindheit

Im Sommer ins Freibad radle,
de ganze Dag in dr Sonne liege
und sich vorstelle,
dass dr Sommer nie uffhört –
Kindheit

Im Winder de Schlitte raushole,
uff em Bauch de Buckel nondersause
und erscht hoimgange,
wenn d' Nas ganz rot gfore isch –
Kindheit

So isch's uff alle Fäll amol gwese –
i hoff, 's isch au heut oft no so!

A Wort zviel und a Wort zwenig

Oft schwätz i a Wort zviel.
Manchmal isch's bloß onödig,
aber manchmal dud's au oim weh,
des isch na schlimm.

Aber i glaub,
oft sag i au a Wort zwenig,
und des isch schad,
denn 's däd d'Welt a bissle freundlicher mache.

I könnt zum Beispiel zu meiner Mudder sage:
»Wie geht drs heut?«

Und i könnt zum Poschtbote sage:
»Vielen Dank fürs Bringe!«

I könnt au zu meim Ma sage:
»I bin froh, dass es dich gibt!«

Zu meim Kollege könnt i sage:
»Des hasch gut gmacht!«

Und i könnt zu meim Nachbar sage:
»Entschuldigung, 's war net so gmoint!«

Schweige isch bloß manchmal Gold –
net immer!

Nomen est omen

D' Uschi däd des Kind gern Tanja daufe,
aber so hat amol a Freundin vom Holger ghoißе
und die hat dauernd an allem romgmotzt –
also lieber net Tanja!

Dr Holger hätt gern a Maximiliane,
aber em Holger sei Vadder hat gsagt,
na enterbt 'r 'n –
des muss ja net obedingt sei!

D' Uschi finded au Katrin sche,
aber dr Holger sagt,
da mached d' Schwoba a »Kätter« draus –
da kriegsch ja a Gänsehaut!

Em Holger däd au Christina gfalle,
aber so hoißt a Dande von dr Uschi
und die hat so haarige Fiaß –
mr soll ja 's Schicksal net rausfordre!

D' Uschi schlägt Madeleine vor,
aber Madeleine Häfele,
des klingt irgendwie komisch –
's sodd scho a bissle zsammebasse!

Endlich hen se an Name gfunde:
Bettina – des gfällt alle!
Und na kommt der Moment,
wo d' Hebamm sagt: »'s isch an Bua!

Jetzt fängt des ganze Theater von vorne a!

Mei klois Paradies

Vom Okraut zupfe kriegsch Kreuzweh
und vom Hacke Schwiele an de Händ.

D' Schnecke fressed dein Kopfsalat
und d' Mäus deine Tulpezwiebel.

An Haufe Armschmalz koschded's
und a Menge Schweiß.

Und na kommt an Hagel
und alles war umasonschd.

Und oineweg!

Wachse sehe, was mr pflanzt hat,
ernte, was mr gsät hat,
und na am Sonndag
ganz faul im Schatte liege
und de Blick
stolz über deine Blumerabatte
und dei Gmüsbeet streife lasse.

Da woisch na,
wie sich dr liebe Gott gfühlt han muss,
damals am 7. Schöpfungsdag!

Grabrede

Bisch scho mal uff ra Beerdigung gwese?
Isch dr da au ebbes uffgfalle?
Ha, zum Beispiel, dass se immer bloß Heilige begrabe.
Wie i des moin?
Des kann i dir erkläre!

D' Klara zum Beispiel.
Uff dera ihrer Beerdigung
hat dr Pfarrer gsagt,
se häb immer bloß an andre denkt.
Also so ka mr's au sage,
wenn oiner sich in alles eimischt!

Und beim Anton,
da hat sei Kegelbruder a Red ghalte
und hat vom »treusorgenden Familienvater« gsproche.
's Oinzige, für was der bei Lebzeite gsorgt hat,
war, dass seine Kinder ab und zu
a paar hinter d' Löffel kriegt hen!

Und von dr Maria hen se verzählt,
se häb ihr letschts Hemd für andre hergeba.
Also, des kannsch allerdings wörtlich nemma,
ihr guts Hemed, des hat se selber bhalte,
was die hergeba hat,
des war wirklich bloß 's Allerletschte!

Verschtosch jetz, was i moin?
's isch bloß schad,
dass mr des alles erscht z' höre kriegt,
wenn mr scho dod isch!

I werd Opa

Bald werd i Opa!

Eigentlich hat's an Bua werde solle.
Mei Dochder hat bloß no bestimmte Sache gesse,
und wenn mr des macht – vorher, versteht sich –
na gibt des ganz bestimmt an Bua.
Aber irgendebbes hen se wohl falsch gmacht.

Weil dr Dokder hat gsagt,
's gibt a Mädle,
und der muss es ja wisse.
Des ka mr nämlich heut scho vorher sea,
mit Schallwelle – oder wie des hoißt.

Also früher war des irgendwie spannender.
Bei uns sin zwar fümf Mädle rauskomme
– wahrscheinlich hat mei Emma 's Falsche gesse –
aber bei jedem Kind isch d' Spannung gwachse,
ob's diesmol endlich an Bua worde isch.

Anna-Magdalena soll des Kind hoiße.
Also mir hätted uns ja nie draut,
ma Kind so an altmodische Name z' geba.
Aber mei Dochder hat mr erklärt,
dass grad so alde Name jetz wieder modern sin.

Des isch grad wie bei de Klamodde.
Wenn de bloß lang gnug wardesch,
wird's äldeschde Klump wieder modern.
Bloß dass de dein Name net ausziage kannsch,
wenn er nemme zeitgemäß isch.

Mir däded des Kind ja gern nemme,
wenn die junge Leut in Urlaub fahre welled,
aber mei Schwiegersohn hat gsagt:
Des kommt gar net in Frag,
des Kind kommt mit!

Die erschde zwoi Jahr
fahred se in a Kinderhotel.
Und na, wenn des Kind drei isch,
mached se Winterurlaub in St. Moritz.
Da gibt's a spitze Zwerge-Schi-Schul.

Weil Schilaufe muss a Kind heut könne
bevor's in d' Schul kommt.
Und an Haufe andre Sache au.
Im Babyschwimmkurs isch's scho agmelded,
und im Kindergarde nadürlich au.

D' Musikschul hen se sich no offeghalde,
weil se no net genau wisse,
ob des Kind jetz Klavier
oder doch lieber Geig lerne soll.
Vielleicht wär au Trompet net schlecht.

Aber dass es Tennisstunde kriegt,
des stoht uff alle Fäll fescht,
und zwar so bald wie möglich,
weil sonsch kann aus dem Kind
ja nie a Steffi Graf werde.

Also Eldern sei
isch heut koi oifache Sach meh –
an was de da alles denke musch!
I glaub, i woiß jetz au,
warum so viele Leut
heut bloß no oi Kind hen.

Ganz normal

Mr steht morgens auf
und macht sei Arbeit.
Außer ma Schnupfe ab und zu
und ma bissle Kopfweh,
wenn's Wetter wechselt,
fehlt oim nie ebbes –
des isch ganz normal.

Mr isch seit zwanzig Jahr verheiratet.
Mr sitzt zsamme am Disch,
mr liegt nebnenander im Bett,
mr hat oin zum Schwätze
und Lache und Heule,
mr isch net alloi –
des isch ganz normal.

D' Kinder ganged morgens aus em Haus
und kommed mittags wieder hoim.
Se mached Krach und Arbeit
und no viel meh Freud.
Se bringed Freund mit
und Lebe ins Haus –
des isch ganz normal.

Des isch so normal,
dass mr oft vergisst,
sich dra z' freue.

Des isch so lang normal,
bis es mal nemme so isch –
na isch's zum Freue z' spät!

Nix zum Aziege

Was hoißt da, du hasch nix zum Aziege?
Dr ganze Schrank hängt doch voll!

Net feschtlich gnug? Und was isch des?
Des hasch doch sogar an dr Mama ihrem
Achzigschde aghet.

Wie – äbe!
I han doch au zu jedem Fescht
de gleiche dunkle Azug a.

Wieso isch des ebbes ganz anders?
Wenn koiner sieht,
ob der alt oder neu isch,
na möcht i amol wisse,
warum du mein Azug alle zwoi Jahr
in d' Kleidersammlung gibsch,
obwohl er no pfenniggut isch,
bloß weil er ageblich nemme modern isch.
Und was isch mit dem rote Kleid?

Z' lang?
Des hasch doch an Weihnachde no aghet.
Bisch seither eigschrumpft oder was?
So lange Sache trägt mr nemme?
Na schneid's halt ab!

Was hoißt da,
na stimmt d' Fasson nemme?
I glaub viel eher,
dass dei Fasson nemme stimmt!
Liebe Zeit, warum heulsch denn jetz?

Wieso mag i di nemme?
A Späßle wird mr doch no mache dürfe!
Jetz sei doch net glei eigschnappt!
Woisch was? Morge gange mr zsamme in d' Stadt
und kaufed dr ebbes Schöns zum Aziege.
Siehsch, jetz kannsch wieder lache!

Unsre Männer

Wenn oiner am Sonndag
in seinr äldeschde Jeans in d' Kirch gange will –
na isch des dei Ma.

Wenn oiner zum Kellerräume
sei neue helle Sommerhos azieht –
na isch des dei Ma.

Wenn oiner sein verschlissene Lieblingspulli
aus em Sack für d' Kleidersammlung rausholt –
na isch des dei Ma.

Wenn oiner an dr Terrassedür hobelt
fünf Minude bevor dr Bsuch zum Kaffee kommt –
na isch des dei Ma.

Wenn oiner immer grad des Hemd braucht,
des als Oinzigs no net bügelt isch –
na isch des dei Ma.

Wenn oiner oifach net verstande ka,
was Fraue am Eikaufe so sche finde –
na isch des dei Ma.

Wenn oiner sagt, Fraue däded gern ratsche,
und schwätzt na selber zwoi Stund mit em Nochbr –
na isch des dei Ma.

Des Lebe wär fei ganz sche langweilig,
wenn mr unsre Männer net hätte!

Ganz im Vertraue

Hasch scho ghört,
dass dr Rolf nebenausgoht?
Ha, wenn i dr's sag!
D' Hilde hat mr's verzählt,
unterm Siegel dr Verschwiegeheit.
D' Dochter von dr Hilde ihrem agheiratete Bäsle
schafft bei dr gleiche Firma wie dr Rolf.
Daher woiß 's es.
Aber gell, i sag dr des ganz im Vertraue!
Ha, was schwätz i denn?
I woiß ja schließlich,
wem i's verzähl.
Des isch doch bei dir
grad so gut uffghobe
wie bei mir!

Schlechts Gedächtnis

Geschtern han i in dr Zeitung glese,
dass in Afrika d'Mensche verhungre.
»Gott sei Dank«, han i denkt,
»dass i gnug zum Esse han!«
Aber wo i a Stund später
mit mein volle Eikaufswage
gschlagene zwanzig Minute an dr Kass gstande bin,
da han i mi vielleicht uffgregt!

Heut morge han i beim Dokter
a behinderts Kind gseh.
»Gott sei Dank«, han i denkt,
»dass i gsunde Kinder han!«
Aber wo mei Jonger heut mittag
an Fünfer im Diktat hoimbracht hat,
da han i mi vielleicht uffgregt!

In de Nachrichte isch komme,
dass se in Irland immer no schießed.
»Gott sei Dank«, han i denkt,
»dass bei uns Friede isch!«
Aber wo mei Nachbar in dr Mittagspaus
sein Rase gmäht hat,
da han i mi vielleicht uffgregt!

Heut nachmittag han i in dr Fußgängerzone
an Obdachlose uff dr Bank sitze sehe.
»Gott sei Dank«, han i denkt,
»dass i a Dach überm Kopf han!«
Aber wo i na den Brief kriegt han,
dass d' Miete um zwanzig Mark erhöht wird,
da han i mi vielleicht uffgregt!

's isch scho schlimm,
dass mr so a schlechts Gedächtnis hat!

Wärme

A Decke über de Füß,
a Feuer im Kamin,
an Sonnestrahl uff dr Haut.

A freundlichs Lächeln,
a tröstends Wort,
a liebevolle Umarmung.

Wärme spürsch uff dr Haut
und im Herze.

Ohne Wärme friert dei Körper,
aber dei Seele au.

Von wem's des bloß hat?

Wie hübsch se isch,
sagt d' Mudder,
genau wie i.

Die Musikalität,
sagt d' Oma,
die hat se von mir.

Fleißig isch des Kind,
sagt dr Vadder,
des kommt ganz nach mir.

Wenn's aber wüscht isch
oder dumm
oder faul,
na saged alle:
Von wem's des bloß hat?
Na will's koiner gewese sei!

Dr Hans

A Kart mit me schwarze Rand –
dr Hans.

Im Sandkaschte hen mr zsamme gspielt,
Blutsbrüderschaft hen mr gschlosse,
die beschte Freund sin mr gwese –
dr Hans und i.

Mr wäred's heut no –
wär da net die Sach mit dr Suse gwese.
Dass se ihn gnomme hat und net mi –
des han i em Hans nie vergesse.

Er hat no a paarmal agrufe,
und eiglade hat er mi au,
aber weil i nie nagange bin,
hat er's irgendwann sei lasse.

Vor vier Woche han i zufällig d' Suse droffe –
i han se schier nemme kennt.
Fascht bin i froh gwese,
dass se de Hans gnomme hat und net mi.

Was dreißig Jahr aus me Mensche mached!
Sie hat mr verzählt,
dass dr Hans so krank wär
und oft nach mr gfragt hätt.

Er dät den alte Streit
so gern begrabe,
bevor er sterbe müsst,
hat se gsagt.

Und i? I han mr's scho überlegt,
jetzt, nach so viel Jahr,
und wo dr Hans doch so krank isch –
aber i han eifach zviel um d'Ohre ghet.

Und jetzt isch's z'spät!
Aber uff d'Beerdigung gang i,
mag da komme, was will,
so viel Zeit muss sei!
Soll koiner sage,
i wär nachtragend –
scho gar net dr Hans!

Alloisei

Wenn dauernd oiner nach dr schreit:
»Mama, hasch du mein Farbkaste gsehe ?«
»Kannsch mi mol gschwind zum Uwe fahre?«
»Hasch scho mei Hos aus dr Reinigung gholt?«
dass de net mal im Bad dei Ruh hasch,
na sin a paar Stund Alloisei herrlich.

Wenn aber dei Ma gstorbe isch
und au deine beschde Freundinne nemme lebed,
wenn deine Kinder kaum no arufe
und au deine Enkel bloß no vorbeikomme,
wenn se Geld von dr brauche,
na isch Alloisei schlimm.

Richtig alloi bisch erscht,
wenn de für koin Mensche meh
dr wichtigste Mensch uff dr Welt bisch.

Des isch fei gar net so oifach

Dass mir Schwoba
a Volk von Dichter, Denker und Düftler sin,
des hat sich inzwische rumgsproche.

Dass mir aber au in dr zwischemenschliche
Verständigung Beachtliches leischde,
des hat vielleicht no net jeder mitkriegt.

Aber dass mir Schwobe sparsame Leut sin,
des woiß wiederum jeder,
und weil mr nix verschwende,
verschwende mr au koine Wort.

Mir schwätzed ohne onödige Schnörkel,
so, wie uns dr Schnabel gwachse isch,
gradraus, knapp, aber treffend!

's beschde Beispiel isch des Wörtle »fei«.

Des sin bloß drei gotzige Buchstabe,
aber jeder Schwob woiß fei genau,
was drmit gmoint isch.
»Fei« passt fei immer,
und des will fei ebbes hoiße.
Da brauchsch fei im Hochdeutsche
mindeschdens fümf verschiedene Wörter,
um des Wörtle »fei« immer richtig zu ersetze.
Oder wie dädsch du »fei« übersetze?
Siehsch, des isch fei gar net so oifach!

Dr Lisbeth ihr Lade

Dr Lisbeth ihren Lade hat's scho gebe,
da war mei Mudder no a Kind.
Damals hat 'r no dr Lisbeth ihrem Vadder ghört,
der isch inzwische gstorbe.

Da hasch alles kaufe könne,
von dr Schuhwichs bis zum Eimachgummi.
Und wenn dr mal d' Milch ausgange isch,
na hasch au no abends läute könne.

Dr Lade isch genau uff meim Schulweg glege,
da han i mir fascht jeden Dag ebbes kauft,
meischdens Brausestange – 's Stück für an Pfennig –
und manchmal hat's sogar oine umsonscht gebe.

Späder sin na die Supermärkt komme,
wie Pilz sin se aus em Bode gschosse,
drei Stück in oim Jahr,
oiner größer und schöner wie dr andre.

Die alde Leud sin immer no zur Lisbeth gange,
zum oine, weil se koi Audo ghet hen,
aber au, weil se da koiner drängelt hat,
und weil d' Lisbeth immer no a bissle gschwätzt hat.

Aber die jüngere Leut sin in Supermarkt gfahre,
weil da d' Auswahl größer und alles billiger war.
Die hen bloß no bei dr Lisbeth kauft,
wenn se im Supermarkt ebbes vergesse hen.

Dr Lisbeth ihr Lade isch immer schlechter gange.
Erscht hat se d' Wolle und d' Strümpf uffgebe,
und nach und nach immer meh.
Da sin d' Kunde erscht recht wegbliebe.

Von dem, was die alde Leud braucht hen,
und von me vergessene Stückle Butter
hat d' Lisbeth auf Dauer net lebe könne.
Und auf amol war dr Lade zu.

Da hädsch mal des Gschrei von de Leud höre solle!
Und am allerlaudeschde hen die gschrie,
die scho lang nemme bei dr Lisbeth kauft hen.

Heb's fescht

Hasch lang drauf gwarted,
jetz isch's endlich da,
liegt schlafend in deim Arm:
's gibt koi größers Wunder auf dr Welt –
Heb's fescht, 's kommt nemme zrück!

Und später: a kleine Hand in deiner Hand,
a Briefle auf deim Kopfkisse,
schiefe Buchstabe auf zerknittertem Papier,
zwoi Ärmle, ganz fescht um dein Hals –
Heb's fescht, 's kommt nemme zrück!

Dr erschte Zahn, dr erschte Schritt,
dr erschte Freund, dr erschte Schmerz,
alles geht so schnell vorbei –
Heb's fescht, 's kommt nemme zrück!

Du hasch koi Zeit?
Irgendwann hasch viel Zeit,
aber – 's kommt nemme zrück!

Wenn d' es aber beizeite feschtghobe hasch,
na isch's au später immer no da!

Glück und Oglück

D' Leut lesed,
dass oine an Millionär gheirated hat,
dass jemand im Lotto gwonne hat,
und dass an andrer a Erbschaft gmacht hat.
Und sie fraged:
Warum bassiert so ebbes immer bloß andre Leut?

D' Leut lesed au,
dass a Flugzeug abgstürzt isch,
dass es a Erdbebe gebe hat,
und dass oiner überfalle worde isch.
Aber na fraged se net:
Warum bassiert so ebbes immer bloß andre Leut?

Na sin se ganz still.

Im Zeiche dr Gleichberechtigung

Woisch du, was heut für an Dag isch?
Ja, Himmelfahrt isch au,
aber was no?
Vadderdag, Vadderdag isch heut.
Aber des interessiert ja koin Mensche!

De Mudderdag kannsch gar net vergesse,
der stoht groß im Kalender,
und d' Reklame von de Blumegschäft
und de Pralinehersteller
kannsch au net übersehe.
Aber vom Vadderdag
da schwätzt koi Mensch!

Drbei find i,
so a bissle Anerkennung
hedded mr scho au verdient!
Kinder könne mr zwar immer no net kriege,
und au mit em Stille
klappt's no net so recht –
aber die Probleme löse mr bestimmt au no
im Zeiche dr Gleichberechtigung.

Sonsch stande mr unsre Fraue
bei dr Kindererziehung aber in nix nach.
Mr sin im Säuglingskurs drbei
und meischdens sogar bei dr Geburt.

Mr butzed Kinderärschle
und schlepped Windelpaket hoim.
Mr lesed Gudnacht-Gschichte vor
und ganged zum Eldernabend.

Sogar Erziehungsurlaub stoht uns zu –
bloß koi rechter Vadderdag
mit Frühstück im Bett
und Praline und ma Gedichtle.
Oder hasch du scho mal was
von ma Vadderdagsgedicht ghört?
Und sowas nennt sich Gleichberechtigung!

Aber wenn mr uns na in unserm Frust
mit a paar Leidensgenosse zsammedo,
a bissle in d' Natur nausfahre,
lustig sin und unser Enttäuschung
mit ma Fläschle Bier nonderspüle,
na hoißt's glei wieder:
Typisch Männer – koi bissle Familiesinn!

Jetz frag i di:
Wer isch denn da eigentlich
des unterdrückte Gschlecht?

D' Nachbre aus dr »Lindestraß«

Steffi, deck am Couchdisch,
glei fängt d' »Lindestraß« a.

Ja, wer läuted denn ausgerechnet jetzt?
Hat dr Papa sein Schlüssel vergesse?

Wer? D' Frau Nägele?
Ja, was will die denn scho wieder?

Abend, Frau Nägele!
Ja, was hen Se denn?
Warum heuled Se denn?
Was, Ihr Bruder isch gschtorbe?
Sie, des dud mr aber leid!
Jetz kommed Se no rei
und sitzed Se a bissle na!
Ha noi, Sie störed doch net!
Glei kommt d' »Lindestraß«,
des lenkt Se a bissle ab.
Obwohl's manchmal scho au traurig isch.
Also, wo neulich des Kind gschtorbe isch,
die kloine … na ja, Sie wissed scho, wen i moin,
Sie, da han i so heule müsse.
Die Leit sin eum doch grad wie Nachbre,
wo mr praktisch jeden Abend
in ihrem Wohnzimmer sitzt.
Isch's net so?

Sie, jetz müssed Se aber a bissle still sei,
jetz goht's nämlich los.

Geschtern isch in dr Zeitung gschtande:
»Fernsehen macht sprachlos.«
Ha, so an Quatsch!
Ja, über was däded d' Leit na schwätze,
wenn se 's Fernsehe net hätted?

Mondagmorge

Mondagmorge – d' übliche Hektik!

D' Vesperbrot musch richte
und d' Schulflasche fülle,
em Kloine fällt ei,
dass 'r heut a leere Kässchachtel
und Buntbabier mitbringe soll,
inzwische kocht d' Milch über,
und dr Große findet seine Turnschuh net,
d' Dochter braucht no dringend a Unterschrift,
und na goht em Ma an Knopf ab,
und der muss glei agnäht werde,
weil zu dere Hos bloß des Jacket basst,
und d' Hos au no wechsle,
des wär zviel verlangt.
Endlich sin alle drauße!

Jetz in Ruh a Tass Kaffee trinke,
weil selber bisch no net zum Frühstücke komme.

Da klingelt's Telefon.
D' Oma fragt,
ob de ra a Brot mitbringe kannsch.
Klar kannsch,
aber d' Oma will no a bissle verzähle.
Sie hat schlecht gschlofe
und isch scho lang wach.
Und weil se alloi wohnt,
hat se koin zum Schwätze.

Inzwische isch’s no später,
aber was sei muss, muss sei.
’s Haarwasche verschiebsch uff später
und ’s Aziehe au.

Jetzt erscht mal gmütlich nasitze,
d’ Zeitung lese und dein kalte Kaffee trinke.

Bisch no net beim Regionalteil,
da läuted’s an dr Dür.
D’ Frau Häberle,
ob se gschwind telefoniere dürft,
ihr Telefon wär kaputt.

Des isch so an Moment,
da könntsch als Hausfrau in Erdbode versinke.

Bisch no net grichted,
’s Frühstücksgschirr stoht no uff em Disch,
im Flur lieged Schuh rum,
die dr Bua beim Suche rausgrisse hat,
dr Jüngste hat d’ Baddür offeglasse,
und da herrscht no ’s absolute Chaos.
Was wird au bloß d’ Frau Häberle von dr denke!

Die denkt:
Isch des gut,
dass es bei andre Leut
au net immer wie gschleckt aussieht!

Kinder, Kinder

Se lassed uns nachts net schlofe –
erscht, weil se zu omögliche Zeite schreie,
später, weil se no net drhoim sin.

Se mached uns oruhig –
erscht, weil's in ihrem Zimmer verdächtig still isch,
später, weil von dr laute Musik d'Wänd wackled.

Se reget uns uff –
erscht, weil se uns in aller Herrgottsfrüh wecked,
später, weil se bis mittags im Bett lieged.

Se koschded uns Nerve –
erscht, weil se sich net freiwillig wasche welled,
später, weil mr se aus em Bad nemme nauskriegt.

Se bringed uns zur Verzweiflung –
erscht, weil se uns zviel frage,
später, weil se uns nemme frage.

Aber, wie hat mei Großmutter immer gsagt?
»Nicht ärgern, nur wundern.«
(Wie mr hört, war des koi Schwäbin,
aber trotzdem a gscheite Frau.)

Recht hat se ghet.
Und wenn's amol ganz dick kommt,
na muss mr eifach schadefroh denke:
»Wart no, ihr krieged au mol Kinder.«

Gerechtigkeit

's gibt koi Gerechtigkeit im Lebe!

Da isch oiner an Erzgauner,
und wird au no reich drbei.

Da hat oiner immer gsund glebt,
und na stirbt 'r mit vierzig an Krebs.

Da muss oiner sei Haus verkaufe,
weil 'r plötzlich arbeitslos wird.

Da isch oiner an herzensguder Kerle,
und na kriegt 'r a Ripp zur Frau.

Da wünscht sich oine nix meh als a Kind,
und a andre lässt ihrs abtreibe.

Die Lischde könndesch endlos fortsetze.
Aber oi Gerechtigkeit gibt's doch.

's wared alle mal jung,
und 's werded alle mal ald –
es sei denn, sie sterbed vorher,
aber wer will des scho.

Au die werded jeden Dag älder,
die heut no moined,
d' Jugend mit all ihre Vorzüg
wär ihr ganz persönlichs Verdienschd.

Dr Bücherfreund

Wenn oiner gern liest,
erfährt 'r immer 's Neueschde,
na hat 'r nie Langweil
und kommt rum in dr Welt.

Wenn oiner gern liest,
lernt 'r intressante Leut kenne,
erfährt, was se denked
und was se erlebt hen.

Wenn oiner gern liest,
isch 'r nie alloi,
na hat 'r immer n Freund
bei sich drhoim uff em Sofa.

Aber 's isch wie bei allem im Lebe –
a Sach isch bloß na gut,
wenn mr se net übertreibt.

Deshalb sodd mr au no a paar Freund han,
die net zwische zwoi Buchdeckel passed!

Na hasch Kinder

Wenn d' Seif immer schwarz isch
und d' Handdücher trotzdem dreckig,
na hasch sicher Kinder.

Wenn de in deim Kühlschrank leere Milchflasche
und Schachtle von Eszet-Schnitte findesch,
na hasch sicher Kinder.

Wenn dei Parfüm plötzlich abnimmt
und dei Telefonrechnung steigt,
na hasch sicher Kinder.

Wenn de im ganze Haus
dei Scher und de Tesa-Film suche musch,
na hasch sicher Kinder.

Wenn de dich im Dunkle nemme durch's Haus trausch,
weil de über ebbes stolpre könntsch,
na hasch sicher Kinder.

Wenn de im Fotoalbum blättersch
und denksch, dass d' Zeit rast,
na hasch sicher Kinder.

Wenn de gege Weltschmerz
Schokladepudding mit Vanillesoß kochsch,
na hasch sicher Kinder.

Wenn de alles Mögliche misse willsch,
bloß solche Erfahrunge net,
na hasch sicher Kinder.

Gschenke

Gschenke sin witzlos,
weil dr Beschenkde oft gar koi Freud dra hat.

Gschenke sin läschdig,
weil mr sich de Kopf zerbreche muss.

Gschenke sin onödig,
weil die meischde Leut scho alles hen.

Gschenke sin deuer,
weil heut alles an Haufe Geld koschded.

's gibt aber au Gschenke,
für die gilt des alles net!

Du könndesch zum Beispiel
deim Busfahrer an Gruß schenke,
weil er dich jeden Morge
pünktlich an dein Arbeitsplatz bringt.

Du könndesch zum Beispiel
dr Verkäuferin a Lächle schenke,
weil se dich au abends um sechse
no freundlich bedient.

Du könndesch zum Beispiel
deiner Frau a bissle Anerkennung schenke,
weil se a Stund in dr Küche gschdande isch
und ebbes Guds für dich kocht hat.

Du könndesch zum Beispiel
deim Sohn a Stund Zeit schenke,
nachdem er de ganze Nochmiddag gwarted hat,
bis du endlich aus em Büro kommsch.

Eigentlich isch's ganz oifach!

Gsichter

Braune Auge, kugelrund,
und an rechter Kirschemund,
ihr Figur isch no viel netter –
doch ihr Gsicht wie Regewetter!

Auf em Kopf ganz dünne Fluse,
dicker Hintre, kaum en Buse,
und au d' Fiaß sin net arg nett –
doch ihr Lächla, des macht's wett!

A mürrischs Gsicht isch niemals sche,
a freundlichs aber um so meh,
ob hübsch, ob hässlich, soddsch dra denke
und andre Leut a Lächla schenke!

Verlore

's gilt für d' Jugend
und für d' Gsundheit,
au für de Wohlstand
und für de Friede.

's gilt für d' Gemeinsamkeit
und für d' Vertrautheit,
au für d' Mensche
und fürs Glück.

Des alles woiß mr
erscht richtig zu schätze,
wenn mr's verlore hat.

Wenn aber oiner sei Ehrlichkeit verliert
oder sein Verstand,
sei Bescheideheit
oder seine Skrupel –
na bedaured des meischdens bloß de andre!

Streitsüchtig

Willsch Spätzle oder Nudla zum Gulasch?

Isch mr egal.

Des isch dr egal? Ja, wozu stand i denn in d' Küch und mach und do, wenn dr's egal isch, was de isch!

So han i des doch net gmoint. I han doch bloß gmoint, dass i d' Spätzle grad so gern ess wie d' Nudla.

D' Nudla aus em Päckle grad so gern wie meine handgschabte Spätzle?

Ha noi, nadürlich net. Na machsch halt deine guade Spätzle.

Also Spätzle? Des isch typisch, immer des, wo meh Arbeit macht.

Na machsch halt Nudla.

Mensch, du woisch aber au net, was de willsch. Erscht Spätzle, na Nudla. Vielleicht kasch dich jetzt endlich mal entscheide.

Machsch halt des, was oifacher für de isch.

Oifacher? Oifach isch, wenn i gar nix koch.

Also, wege mir brauchsch am Sonndag net warm koche, des woisch. Wenn mr spät frühstücked und nachmiddags Kaffee drinked, na langt mir middags a Brezel.

A Brezel! Ja, wo soll i denn am Sonndag a Brezel herkriege, kasch mr des amal sage? Immer des, was net da isch!

Des war doch bloß a Beispiel.

Aber a schlechts. Und außerdem brauched d' Kinder a warms Middagesse.

Na frag doch d' Kinder, ob se Spätzle oder Nudla esse welled.

Jetzt d' Entscheidung uff d' Kinder schiebe, weil de selber net woisch, was de willsch, des hen mr gern.

Dir ka mrs heut aber au wirklich net recht mache.

Mir? Net recht mache? So ka mr de Spieß au romdrehe. Schließlich frag i di ja, weil i drs recht mache will! 's isch bloß gud, dass i net so streitsüchtig bin wie du, sonsch wäred mr scho längschd gschiede!

Uff em Bahnsteig

Stohsch zu zwoit uff em Bahnsteig,
jedes Wort isch scho gsagt,
»Hasch au gwieß nix vergesse?«
hasch scho hundertmal gfragt.

Stohsch zu zwoit uff em Bahnsteig
und dr Zug fährt net ei:
»Es hat Verspätung der D-Zug
auf Gleis Nummer drei.«

Stohsch zu zwoit uff em Bahnsteig,
jedes Wort dud dr weh,
und dr andre sagt scho wieder:
»Du, bei dir war's so sche!«

Stohsch zu zwoit uff em Bahnsteig
und d' Zeit bleibt net steh,
willsch de andre no hebe
und doch sage: »Jetzt geh!«

Stohsch zu zwoit uff em Bahnsteig
und dr Zug fährt jetzt ei,
bisch uff oi Art fascht froh drum:
Jetzt isch's Warte vorbei!

Zeit

I kann Zeit
verbringe und verbrauche,
verplane und vergesse,
verträume und verschlafe,
verplempre und verliere.

Bloß eins kann i net:
I kann se net verlängre.
Des macht se so kostbar.

Und bei kostbare Sache
sodd mr sich gut überlege,
wem mr se schenkt.

’s wär schlimm,
wenn’s die falsche Leut wäred!

Jung sei

's will koiner meh alt sei,
a jeder bloß jung,
mach »Jogging« und »Stretching«,
des hält dich in Schwung.

Zum Frühstück a Müsli,
zu Mittag Salat,
drzwische n Apfel,
na bleibsch du uff Draht.

Und uff deiner Haut
da musch creme und schmiere,
und die Salb gege Falte
musch au ausprobiere.

Bisch trotzdem na knittrig
und gar nix hilft meh,
na läsch dich halt lifte
und bisch wieder sche.

Jetz sag amol ehrlich,
findsch du des normal?
I glaub viel eher,
mir spinned total!

I däd amal sage,
mei Gsicht zeigt mei Lebe,
und drum darf's au ruhig
a paar Falte drin gebe.

Und wenn des oin stört,
soll mi des net jucke –
mr soll doch net bloß
uff d' Fassade gucke!

Und mir?

Maiers hen sich scho wieder a neus Audo kauft,
drbei war's alde grad zwoi Johr alt.
Und mir?
Mir fahred immer no mit unserm kloine Rutscherle rom,
des hat jetz zehn Jahr uff em Buckel
und roschded und kleppert.

Und Schumachers hen sich a Villa baut,
mit Sauna und Swimmingpool im Garde.
Und mir?
Mir wohned immer no in unserm Reihehäusle,
mit ma kloina Gärtle hindenaus
und drei Quadratmeter Balkon.

Und Webers hen a Feriehaus uff Kreta
mit großer Terrass und Blick uffs Meer.
Und mir?
Mir fahred scho 's fümfde Jahr
in d' gleiche Pension im Bayrische Wald,
sche oifach und preiswert.

Was hoißt da,
ob die andre deshalb glücklicher sin als mir?
Um des goht's doch gar net!

's Telefon

's isch scho a tolle Erfindung – des Telefon!
Aber manchmal denk i,
ohne wär's au net schlecht!

Da hasch Gäscht eiglade zu deim Geburtsdag,
willsch in aller Ruh mit ne schwätze,
und all Naslang musch drvospringe,
weil 's Telefon klingelt.
Da wär a Glückwunschkärtle au koi schlechte Sach!

Oder hasch scho mal an ma Schalter gwarted,
vor dir acht Leit und hinter dr fümf,
und alle standed brav in der Schlang
und warted, bis se dra sin.
Und na ruft oiner a – der muss net warte!

Oder dätsch du dich störe lasse,
wenn de uff ma gewisse Örtle
wichtige Gschäfte verrichtesch? Gwieß net!
Aber wenn na 's Telefon klingelt,
klemmsch alles ab und rennsch hie!

Mr lesed heut no em Goethe seine Brief,
und net bloß seine!
Mei Mudder wär vielleicht verzweifelt,
wenn se im Krieg die Brief von meim Vadder
net immer wieder hätt lese könne.

Aber was hindert uns eigentlich dra,
an Brief z' schreibe,
au wenn mr a Telefon hen?
Du moinsch, mir könned des nemme?
Des käm auf en Versuch a!

Des isch Weihnachte!

Durch d' Stadt hetze
und in letschter Minut
Gschenke kaufe für Leut,
die sowieso scho alles hen:
Des isch net Weihnachte!

»Oh du fröhliche« aus em Lautprecher,
Girlande in dr Fußgängerzone,
Nikläus an alle Ecke,
lebendige und solche aus Schoklad:
Des isch net Weihnachte!

Werbegschenke verteile,
auf's Weihnachtsgeld warte,
nach Teneriffa fliege
und »Oh Tannenbaum« unter Palme singe:
Des isch net Weihnachte!

Aber wenn's im ganze Haus schmeckt,
nach Zimt und Gutsle und ausblasene Kerze,
und wenn d' Kinder Weihnachtslieder spiele,
au wenn's a bissle falsch klingt:
Des isch Weihnachte!

Wenn in dr Kirch »Stille Nacht« gsunge wird,
dass dr ganz feierlich zmut wird,
und wenn die erschte Schneeflocke falle,
grad wenn de aus dr Kirch kommsch:
Des isch Weihnachte!

Wenn du woisch,
dass dir's gut geht und deiner Familie au,
und wenn du na die andre net vergisch,
die 's net so gut hen wie du:
Des isch Weihnachte!

’s Wetter

Wenn ’s Wetter net wär,
wie’s isch,
was däded mr denn na schwätze
mit all dene Leut,
mit dene’s eigentlich net viel z’ schwätze gibt.

Wenn ’s Wetter net wär,
wie ’s isch,
uff wen däded mr na bloß schimpfe,
wenn mr schlecht gschlofe
oder ’s Gliederreiße hen.

Wenn ’s Wetter net wär,
wie’s isch,
na könnded mr uns net freue,
wenn nach em Winter ’s Frühjahr kommt
und nach ra Regeperiode an Sonnedag.

I glaub,
d’ Leut wissed gar net,
was ne fehle däd,
wenn’s Wetter net wär,
wie’s isch.

Beim Dokter

Wenn de beim Dokter warsch,
na kennsch nachher d' Krankheite
von alle Leit, die im Wartezimmer gsesse sin.
Ob de willsch oder net.
's hört aber jeder bloß sich selber zu.
Die andre warted, bis der Luft hole muss,
und na fanged se selber a,
ihr Leidensgschicht zum Verzähle.

Beim Tierarzt han i geschtern lang warde müsse,
aber des hat mr gar nix ausgmacht.
Da isch's immer richtig nett,
fascht wie bei unserm Kaffeeklatsch
jeden zwoite Mittwoch im Monat.
Bloß d' Stühl sin a bissle hart!
Da hasch's Gfühl, dass es d' Leit wirklich intressiert,
warum dei Struppi seit drei Dag nix meh fresse will.

Aber beim Zahnarzt, da isch's ganz anders.
Da stiert jeder in sei Zeitung nei
und dud so, als ob em des gar nix ausmacht,
aber du woisch ganz genau,
dass der au gern de andre de Vortritt lasse däd.
Oder hat dir da scho mal oiner verzählt,
ob er wege seine echte
oder seine falsche Zähn da isch?

Siehsch!

Wie d'es machsch, isch's verkehrt

Sobald de a Kind kriegsch, woisch,
dass de gar nix woisch.

»Gibsch em an Allerweltsname«,
sagt dr Klaus,
»kann's koi Persönlichkeit entwickla.«
»Daufsch's aber so, wie koiner hoißt«,
sagt d' Anne-Marie,
»isch dr Außeseiter scho vorprogrammiert.«

»Gibsch dein Beruf net auf«,
sagt d'Tante Ute,
»na wird's a vernachlässigts Schlüsselkind.«
»Wenn de aber drhoim bleibsch«,
sagt d' Julia,
»wird a oselbständigs Mamakind draus.«

»No net glei springe, wenn's schreit«,
sagt d' Oma,
»na ziehsch an Tyranne groß.«
»Und wenn d' es schreie läsch«,
sagt d' Susi,
»wird's später ganz sicher an Psychopath.«

Hätt mr des oiner vorher gsagt,
hätt i mi uff des Abenteuer nie eiglasse.
Des gröschde Wunder aber isch,
dass aus dem Kind sogar ebbes worde isch.

Vielleicht liegt's da dra,
dass i immer gmoint han,
des, was mr mei Gfühl sagt,
ka net ganz verkehrt sei.

Bei de Viecher funktionierts
schließlich au ganz gut,
wenn mr die Sach de Mütter überlässt,
ohne dass deshalb ihre Junge glei neurotisch werded!

A gude Mudder

Wenn de a gude Mudder sei willsch,
na derfsch net vergesse,
des neue Ultra-Waschmittel z' kaufe,
weil de na deine Kinder
strahlend in de Arm nimmsch,
wenn se total verdreckt hoimkomme.

Wenn de a gude Mudder sei willsch,
na musch d' richdige Nudle koche,
weil ohne die Nudle
däd dei Ma nie so nachsichdig lächle,
wenn sei Jonger mittags hoimkommt
und em an Fümfer präsentiert.

Wenn de a gude Mudder sei willsch,
na musch dei Wäsch obedingt
mit dem neue Super-Weichspüler behandle,
weil de des net verantworte kannsch,
dass dei ganze Familie
von kratzige Pullover schlechte Laune kriegt.

Wenn de a gude Mudder sei willsch,
na musch deine Kinder
jeden Dag mit Vitamin-Bombo füttre,
weil deine Kinder de na wahnsinnig gern hen,
und weil's drzuna no gsund isch –
außer für ihre Zähn vielleicht.

Aber wenn de a gude Mudder bisch,
na isch des au koi Problem,
weil na woisch du schließlich,
dass de bloß d' richtig Zahpaschda kaufe musch,
na sin deine Kinder ganz verrückt uff's Zähnbutze
und könned Bombo esse, soviel se bloß welled.

Wenn de a gude Mudder sei willsch,
na derfsch aber uff koin Fall vergesse,
jeden Abend 's Werbefernseh azgucka.
Woher sollsch denn sonsch wisse,
wie de a gude Mudder wirsch!

Erinnerunge

Neulich bin i in a Lederwaregschäft gange,
und plötzlich war i dreißig Jahr zrück!
's war Erster Schultag
und alles war aufregend und neu.
Genauso hat's damals gschmeckt!
Heut sin d' Ranze viel leichter
und bunter und schöner,
aber se schmecked nemme so!

Heut han i a Kerz ausblase,
und plötzlich war i dreißig Jahr zrück!
's war Weihnachtszeit,
und alles war feierlich und geheimnisvoll.
Genauso hat's damals gschmeckt!
Heut gibt's elektrische Kerze,
die sin viel praktischer
und lang net so gfährlich,
aber se schmecked nemme so!

Erinnerunge findesch net bloß im Fotoalbum,
die findesch überall,
wenn de da richtige Riecher hasch!

Begegnung uff dr Straß

Grüß Gott, Frau Schmelzle. Wie goht's au immer?

Danke, gut, und Ihne? *(Liebe Zeit, wer isch des bloß?)*

Ha, mr lebt. Und Ihr Ma? Hat 'r immer no so viel z' do?

Ja, ja, 's isch immer 's Gleiche. *(Jetzt soddsch de vielleicht au nach ihrem Ma erkundige. Aber i woiß doch gar net, ob die überhaupt oin hat. Vielleicht isch se gschiede oder Witwe. Und na wär des fei scho saumäßig peinlich.)*

Und hend Se an schene Urlaub ghet in Kärnten?

Ja, ja, 's Wetter war au gud. *(Jemineh, wenn i bloß wüsst, wo i die Frau nado soll. Wem han i des überhaupt verzählt, dass mir im Urlaub nach Kärnten fahred? Vielleicht däd mr des weiterhelfe.)*

Also, schaffe mr halt wieder ebbes. Ade, Frau Schmelzle.

Ade, und schaffed Se's gud. *(Heidenei, isch mr des peinlich. Vielleicht hätt i doch besser zugebe solle, dass i net woiß, woher i se kenn. Na hätt se me vielleicht für vergesslich oder bled ghalte, aber wenigstens net für an maulfaule Stockfisch. Und außerdem hätt i mr uff die Art erspart, dass i jetzt dauernd drüber nachdenke muss, wer des war. Und bis mr des wieder eifällt, des ka bis morge daure.)*

Mudderdag

Geschtern war Mudderdag!

Mei Dorle hat des Gedicht uffgsagt,
des se in dr Schul glernt hat,
und hat's in Schönschrift abgschriebe –
sie hat au an Oinser drfür kriegt.

Mei Ma hat seiner Mudder
an Blumestrauß ins Altersheim gschickt,
mit Fleurop – wie jedes Jahr –
beim Gärtner wissed se scho Bescheid.

Und für mei Mudder
hen mr wieder a große Pralineschachtel kauft
und se sogar selber vorbeibracht –
se wohnt ja glei ums Eck.

Wie sich's halt so ghört am Mudderdag.
Und was glaubsch?
Heut treff i d' Petra, und die verzählt:
koi Gedichtle, koi Bliemle, koi nix!
Arms Luder, han i denkt.
Und woisch, was die zu mir sagt?

»Letschte Woch hat mr mei Jüngschter
a Bildle gmolt – ganz von alloi.
Und mei Dochter hat mr a Löwezahnsträußle brocht,
des hat se uff em Schulweg pflückt.
Und mei Älteschter hat me in Arm gnomme,
weil i sei Lieblingsesse kocht han.«

Ja soll des vielleicht Mudderdag sei?
Also wenn de mi frogsch:
Die will bloß net zugebe,
wie se sich schabt,
dass koiner dra denkt hat,
dass Mudderdag isch!

Net geschdern und net morge

Alde Leut schwätzed viel von früher.
Die saged oft:
»Woisch no damals?«

Junge Leut schwätzed viel von später.
Die saged oft:
»Morge muss i obedingt …«

Kinder schwätzed meischdens bloß von jetzt.
Oft saged se gar nix
und vergessed eifach d' Zeit.

Ob d' Leut des moined,
wenn se von ihrer Kindheit schwätzed,
als ob se ebbes Koschtbars verlore hätted?

Weil: Glücklich sei kannsch eigentlich bloß heut,
net geschdern und net morge!

Was Großeltern wissed

Großeltern wissed,
dass d' Schublad mit em Schlecksach
nie leer sei darf.

Großeltern wissed,
dass mr von ma bissle meh Fernseh
net glei bleibende Schäde drvoträgt.

Großeltern wissed.
dass aus em Baba au no ebbes worde isch,
obwohl 'r au koi Musterschüler war.

Großeltern wissed,
dass mr mit dem bissle Daschegeld
oifach net über d' Runde kommt.

Großeltern wissed,
dass a bissle Inkonsequenz
no koim gschaded hat.

Großeltern wissed,
dass 's Beschde, was mr Kinder schenke ka,
a bissle Zeit isch.

Und du woisch jetzt,
warum a Kind Großeltern hat –
wenn's Glück hat!

Dr Festdag

Seit Fümfe bin i uff de Füß,
weil i vor lauter Uffregung
nemme han schlofe könne.
Han i au nix vergesse?
Kaffee, Zucker, Kakao für d' Enkele?

Grad han i de letschde Kuche in Ofe gschobe,
da klingelt scho wieder 's Telefon.
Nachher überleg i,
ob d' Erna zum Gratuliere agrufe hat
oder weil se über ihr Rheuma
und ihr odankbare Dochter hat jammre welle.
Drweil isch mr schier dr Kuche verbrennt.

Und na trudled se langsam ei,
d' Döchter, d' Schwiegersöhn, d' Enkele,
Nachbra und Freund:
Mei Wohnzimmer fasst's schier net,
von überall her han i mr Stühl ausgliehe.

Um drei goht dr erschde Deller z' Bruch,
von dem gude Gschirr von meinr Mudder,
des i hüt wie mein Augapfel,
d' Enkele spieled im Schlofzimmer Verstecke,
dr Daniel bringt stolz mein Bottschambr rei
und schreit: »Gucked amol, was i bei dr Oma
unterm Bett gfunde han!«,
d' Hanne und d' Sybille streited mal wieder,
wer die gscheiteste Kinder hat,
dr Achim sitzt eigschnappt uff em Sofa,
weil i mi über des Blutdruckmessgerät
net laut gnug gfreut han,
d' Jutta sagt zwische zwoi Mundvoll Kuche:

»Mama, dr Kaffee isch alle«,
statt dass se in d' Küche goht
und oin uffbrüht,
und d' Bärbel guckt me vorwurfsvoll a
und sagt: »Mama, jetz freu de doch,
's isch doch dei Festdag.
Du siehsch gar net glücklich aus!«

Ja, isch des vielleicht a Wunder?
Oins woiß i gwieß:
An meim nächste Geburtsdag fahr i weit weg,
setz mi an en deckte Disch,
lass me verwöhne
und les in Ruh die Glückwunschkarte,
die mr d' Leut gschriebe hen,
weil i koim mei Telefonnummer verrate han!

A Kleid im August

's isch Afang August
und a Bollehitz,
i sitz in meim Auto drin
und schwitz.

I fahr grad durch d' Stadt,
wo i an Lade seh
und mr so denk:
A leichts Kleid wär jetzt sche!

's isch so an Gedanke
und dem folgt a Tat,
weil in dem Moment
seh i an Parkplatz grad.

I gang zur Verkäufrin
und sag, was i will,
die guckt mi groß a
und na wird se ganz still.

A ärmellos Kleid
und des im August?
Na hörsch, dass de dazu
im März komme muscht!

Denn jetzt im August
isch dr Sommer vorbei,
die räumed inzwische
grad 's Wintersach ei.

Am beschde wird's sei,
du nimmsch glei was mit,
weil mit dr heutige Mode
hält dr Kalender net Schritt!

I möcht dr was schenke

I möcht dr was schenke,
a bissle Humor –
du kommsch mr manchmal
so ernsthaft vor.

I möcht dr was schenke,
a bissle meh Gfühl –
weil in deiner Nähe
isch's immer so kühl.

I möcht dr was schenke,
a bissle meh Sinn –
du lebsch dei Lebe
so vor dich hin.

I möcht dr was schenke,
a bissle meh Lust –
weil in deim Lebe
isch alles bloß Frust.

I möcht dr was schenke,
meh Maß und meh Ziel –
du willsch von allem
immer viel zviel.

Koi Angst, i sag's net,
i han mr's bloß denkt,
aber trotzdem,
i hätt dr 's wirklich gern gschenkt.

Des kasch glaube oder au net

I kenn Vädder, die saged:
»So faul war i nie!«

I kenn Fraue, die saged:
»Des war glatt gschenkt!«

I kenn Döchder, die saged:
»Mir wared immer zu dritt!«

I kenn Handwerker, die saged:
»Die Reperatur lohnt sich nemme!«

I kenn Hundebesitzer, die saged:
»Koi Angst, der dud nix!«

I kenn Kinder, die saged:
»Des war scho so!«

I kenn Verkäuferinne, die saged:
»Des könned Sie gut trage!«

I kenn Beschenkte, die saged:
»Des han i mr scho immer gwünscht!«

Des kasch na glaube –
oder au net!

Guter Rat

Alle andre wissed viel besser als i,
warum i krank worde bin.

Weil se des selber
au scho ghet hen –
bloß viel schlimmer!

Weil de dich
ganz falsch ernährt hasch –
selber schuld!

Weil de net
zum richtige Dokter gange bisch –
hädsch mi gfragt!

Weil de net
positiv denkt hasch –
alles bloß eibildet!

Weil ihr Onkel Josef
scho da dra gstorbe isch –
wie tröstlich!

Guter Rat isch teuer?
Du kriegsch en ja nachgschmisse!
Und des, was mr nachgschmisse kriegt,
hat no selte ebbes taugt.

Elterntrost

»Schönheit isch net alles.«

»Bis de Großmudder bisch,
denksch nemme dra.«

»Die Nas hasch von dr Oma.«

»Da drvo goht d'Welt net unter.«

»Des verwächst sich.«

»Der Kerle isch doch koi Trän wert.«

»Drfür hasch a hübsche Figur.«

»Da hen mr alle mal durchmüsse.«

Die Sprüch sin so alt wie d'Welt
und helfed heut so wenig wie damals!

Gedächtnisschwund

'sgibt Eltern,
die sin früher nie
ogwasche ins Bett gange.

's gibt Eltern,
die hen nie
beim Nachbar Klingel butzt.

's gibt Eltern,
die hen in dr Schul
nie schlechte Note gschriebe.

's gibt Eltern,
die hen beim Sonntagsspaziergang
nie a Gsicht nadruckt.

's gibt Eltern,
die leided unter Gedächtnisschwund.

Oi Glück für Kinder,
dass es Großeltern gibt.
Dene ihr Gedächtnis
funktioniert Gott sei Dank gut!

Zum neue Jahr

Mr könnt sich viel vornemme fürs neue Jahr.

Zum Beispiel, dass mr meh Sport treibt
oder endlich mit em Rauche aufhört,
dass mr's Fotoalbum aufs Laufende bringt
und d' Garasch und de Keller aufräumt,
dass mr nemme so viel schafft
und sich meh Zeit für seine Kinder nimmt.

Des alles könnt mr sich vornemme.
Aber nemme mr uns net zviel vor,
aus em meischde wird ja doch nix!

Nemme mr uns eifach bloß vor,
uns nemme über jeden Hafekäs aufzrege
und uns drfür au an Kleinigkeite z' freue.
Wenn mr des ab und zu schaffe,
na hen mr scho viel gwonne!

Bsuch

's gibt Bsuch,
für den staubsch dein Gummibaum ab
und holsch den Ölschinke aus em Keller,
den de zur Hochzeit gschenkt kriegt hasch,
für den zerbrichsch dr de Kopf und kochsch extra,
weil 'r so schleggig isch.

's gibt Bsuch,
der hinterlässt seine Spure
in deim Haus
und an deim Nervekostüm.

's gibt Bsuch,
der bringt sein haarende Hund mit
und vier ogezogene Kinder,
der verstreut überall sein Kruscht
und erschlägt dei Lebensfreud
mit seim pessimistische Weltbild.

's gibt Bsuch,
der hinterlässt a Chaos
und die Drohung,
dass 'r bald wiederkommt.

's gibt aber au Bsuch,
der hilft dr beim Abtrockne
und de Kinder bei de Hausaufgabe,
der bringt als Reispräsent
gute Laune, nette Anekdode
und d' nötige Portion Rücksicht mit.

's gibt Bsuch,
der hinterlässt a bissle Wehmut,
a gewisse Leere im Haus
und viele schöne Erinnerunge.

Aber ganz egal,
wie astrengend
oder wie nett
so an Bsuch au war,
oi unvergesslichs Erlebnis
verschafft dr jeder:

Des unbeschreibliche Gfühl,
wenn de nach seiner Abreise
de erschde Abend mit deim Ma
ganz alloi zu zwoit
uff em Sofa sitzsch!
Scho alloi deshalb
sodd mr ab und zu
an Bsuch eilade!

Sei Lache

I sitz em gegenüber
und i han net bedacht:
Genauso wie der jetzt
hat dr andre oft glacht.

D' Erinnerung schmerzt,
's gibt en Stich, 's dud mr weh,
und i han bloß oin Wunsch:
I will aufsteh und geh.

Doch na bleib i sitze,
hör em weiter no zu,
weil, 's gibt en Gedanke,
der lässt mr koi Ruh.

I han Angst,
mir könnt ebbes Schlimms passiere:
I könnt d' Erinnrung
an sei Lache verliere!

Lieblingsplätz

Bei dr Dande im Garde
isch a tolls Versteck,
da kasch wunderbar träume,
glei hinter dr Heck.

Bei dr Oma uff em Speicher
isch an schummriger Platz,
kasch in Truhe wühle,
findesch manchmal an Schatz.

Beim Opa im Schuppe
isch an herrlicher Ort,
da kasch hoble und schnitze,
kriegsch me schier nemme fort.

Bei dr Mudder in dr Küch
isch an heimeliger Fleck,
da kasch schlecke und schwätze,
will i gwieß nemme weg.

's ka koiner dra rüttle,
's gibt Plätz uff dr Welt,
die kasch dr net kaufe,
hasch au no so viel Geld!

Schlimm

Wenn oine krumme Fiaß hat,
des isch ja net so schlimm.
Aber wenn se na moint,
se müsst mit dene Fiaß
de kürzeste Minirock aziage –
na wird's schlimm.

Wenn de dich uff ma Foto omöglich findesch,
des isch ja net so schlimm.
Aber wenn na oiner sagt:
»Was hasch denn,
da bisch doch toll druff droffe« –
na wird's schlimm.

Wenn oiner total unmusikalisch isch,
des isch ja net so schlimm.
Aber wenn 'r na moint,
er müsst dr jedesmal, wenn de kommsch,
ebbes uff em Klavier vorspiele –
na wird's schlimm.

Wenn de dich mit fuffzehn
net bsonders hübsch findesch,
des isch ja net so schlimm.
Aber wenn na dei Mudder sagt:
»Guck d' Karin a,
die hat au no an Ma kriegt« –
na wird's schlimm.

Wenn de aus em Keller ruffspringsch,
weil 's Telefon bimmelt,
des isch ja net so schlimm.
Aber wenn 's na »klick« macht
und oiner legt uff –
na wird's schlimm.

Wenn dei neus Kleid
an Haufe Geld koschded hat,
des isch ja net so schlimm.
Aber wenn na dei Ma fragt:
»Sag amol,
was hasch denn heut für a Nachthemd a? –
na wird's schlimm.

Urlaubsziel

Dr oine fährt seit Jahre schon
immer in die gleich Pension,
er kennt de Wirt und andre Leut,
uff die 'r sich scho 's ganz Jahr freut,
liegt jeden Dag am gleiche Strand,
holt sich de gleiche Sonnebrand.

Dr andre, der will sich beweise,
drum bucht 'r Abenteuerreise.
Er meistert's Wildwasser im Floß
und isch als Gipfelstürmer groß,
er war scho in der Kalahari
und au in Kenia auf Safari.

Und wieder oiner, der sucht Spure
von längst vergangene Kulture.
Wenn andre Leut am Strand rumgammle,
na geht er Altertümer sammle
und liest im Führer – eh's zu spät –
damit em koi Detail entgeht.

Dr Nächste, der will Neid erwecke,
drum muss 'r weite Ziel sich stecke.
Oimal im Jahr, da will 'r wisse,
wie reiche Leut sich fühle müsse,
und denkt: Bevor i des versäum,
schick i no schnell a Postkart hoim!

Des Schöne isch ja heutzudag:
A jeder ka, wie er gern mag,
und soll, ganz nach seim eigne Wille,
im Urlaub seine Sehnsücht stille.
Doch oins steht manchmal dem entgege,
des isch ganz klar dr Ehesege!

Will er nach Nepal, Berg erklimme
und sich im Urlaub tüchtig trimme,
sie aber träumt von Meer und Sand
und sieht sich scho am Nordseestrand,
hat's gern gemütlich und bequem –
na wird dr Urlaub zum Problem!

Wer jetzt moint, des Kolumbus Ei
nur an getrennter Urlaub sei,
der hat im Grund natürlich recht,
und die Idee isch gar net schlecht,
wär Urlaub ganz alloi net fad –
da lauert die Versuchung grad!

Denn mancher nette Urlaubsflirt
dr Ehe zum Verhängnis wird,
und was als Rettung war gedacht,
ihr oft ganz schnell a Ende macht.
Drum prüfe, wer sich ewig bindet,
ob's gleiche Urlaubsziel sich findet!

Sommer

Blühende Geranie
und flimmernde Hitz,
reife Kornfelder,
Wolke und Blitz –
Sommer sieht mr.

's Brumme von Mäher
und 's Zirpe von Grille
und in dr Mittagszeit
schläfrige Stille –
Sommer hört mr.

Rose- und Jasminduft
in deinr Nas,
dr Geruch von Sonneöl
und frischgschnittnem Gras –
Sommer riecht mr.

Tomate und Gurke
und a Würstle vom Grill,
Erdbeere und Vanilleeis,
soviel mr bloß will –
Sommer schmeckt mr.

In dr Sonne schwitze,
sich beim Bade abkühle,
Reisefieber han
und Freiheit fühle –
Sommer spürt mr.

D' eigene Nas

Jedes Wochenende »ins Grüne« fahre
und zwoimal im Jahr mit em Auto in Urlaub –
und na schimpfe,
dass d' Straße verstopft sin!

Alles in Dose und Gläser und Schachtle kaufe
und jede Woch an Eimer voll Müll vor d' Dür stelle –
und na jammre,
dass mr im Abfall ersticke!

Mit de Sprühflasche in dr Gegend romzische
und mit em Auto Abgase in d' Luft blase –
und na Panik kriege,
weil 's Ozonloch immer größer wird.

's isch halt scho a Problem,
dass mr d' eigene Nas so schlecht findet!

Zuhöre

Grüß Gott, Frau Häberle, wie goht's au immer?

Oh, fraged Se net. I komm grad vom Dokter.

So, vom Dokter. Ha, da könned Se bald zu meim Ewald gange. Der isch jetz au fertig. Der …

Ja, ja, i spring von oim Dokter zum andre und koiner ka mr sage, was mr fehlt.

D' richtige Diagnos isch d' halbe Heilung, hat dr Professor Schmieder immer zu meim Ewald gsagt. Der hält ja große Stück uff mein Ewald, dr Professor.

Oh, wenn's no a Heilung für mi gäb. Aber 's woiß ja koiner, was des für a Krankheit isch. Jetz hat dr Dokter meine Unterlage nach Amerika gschickt, an en Studiefreund.

Amerika, da isch mei Ewald au amol gwese, a ganzes Jahr lang, damals in dr 11. Klass. Und trotzdem hat 'r so a guts Abi gmacht, obwohl 'r koi Jahr wiederholt hat, als 'r zrückkomme isch. Heut brauchsch ja an Schnitt von eins Komma noch was, wenn de Medizin studiere willsch.

Schnittaufnahme hat dr Dokter au gmacht. Aber gholfe hat's mr net.

Da hat mei Ewald au amol an Kurs belegt und mit Auszeichnung abgschlosse. Des isch scho erstaunlich, was so an Dokter heut alles wisse muss.

Und trotzdem könned se oim net helfe, wenn oim ebbes fehlt. Mit alle ihre viele Apparat net. Was i im letschde halbe Johr in Wartezimmer romgsesse bin, des glaubt mr koi Mensch.

Apropos Wartezimmer, letschde Woch hen mr d' neue Wartezimmermöbel rausgsucht für mein Ewald. Er übernimmt doch ab 1. Juli die Praxis vom Dokter Gruber, hen Se des gwisst? Aber des alde Klomp, des der im Wartezimmer stande hat, des schmeiß i glei naus, hat mei Ewald gsagt. Des kasch ja heut niemand meh zumute, des stammt ja no aus dr Nachkriegszeit.

Ja, ja, d' Nachkriegszeit, des wared no Zeite. Da hasch nix ghet, aber wenigstens au koine Schmerze.

Ha, an Dokter, den braucht mr halt alleweil, in gude und in schlechte Zeite. Des han i meim Ewald au gsagt. Werd Dokter, Bua, han i gsagt, an Dokter brauched d' Leut immer.

I wär grad froh, wenn i koin brauche däd, des könned Se mr glaube.

Was moined Se, wie viel Leut zum Dokter ganged, obwohl se eigentlich gsund sin. Mama, hat mei Ewald gsagt, du glaubsch net, wie viel Leut zum Arzt kommed, bloß dass ne mal wieder oiner zuhört. D' Leut könned doch heut alle nemme zuhöre.

Ach, net amol d' Ärzt höred heut no zu. Des goht doch von oim Zimmer ins andre wie am Fließband.

Mama, hat mei Ewald gsagt, wenn d' Leut anander zuhöre däded, na hätted mir Ärzt weniger zum do. Isch des net schlimm? Eigentlich sodd des doch selbstverständlich sei, dass mr anander zuhört, oder net?

Früher und heut

Wenn d' Kinder früher oin zum Spiele gsucht hen,
hen se sich mit ihre Freund droffe,
heut stimmed se ihre Terminkalender am Telefon ab.

Wenn d' Kinder früher Spannung gsucht hen,
hen se Karl May glese,
heut schalded se de Fernseher ei.

Wenn sich d' Kinder früher droffe hen,
hen se »Mensch ärgre dich nicht« gspielt,
heut hocked se zsamme vor em Computer.

Wenn d' Kinder früher krank wared,
hat ne d' Oma was vorglese,
heut höred se Märchen von dr Kassett.

's isch manches anders worde,
's Kindsei au!

A Fahrkart nach Cannstatt

In zehn Minute fährt mei Zug –
i brauch bloß no a Fahrkart.
»Geschlossen« steht am Schalter,
und koi Mensch isch do.
Na ja, macht nix, da stoht ja so an Audomat,
mal lese, was druffstoht.

»Wählen Sie die gewünschte Zone«,
ja, was woiß denn i?
Nach Cannstatt will i halt,
mein Onkel Karle bsuche.
Und was hoißt da überhaupt Zone?
I han denkt, des hätted mr hinter uns –
und in acht Minute fährt mei Zug!

»Der Preis für die 1. Klasse errechnet sich …«,
ja, wenn er's no au däd!
Aber des därfsch na wieder selber mache,
bloß dadrzu brauchsch mindeschtens 's Abitur.
Und Kloigeld hasch au nemme gnug,
und Schein nimmt der Kaschte net a –
und in sechs Minute fährt mei Zug!

Zum Glück isch jetzt dr Schalter wieder bsetzt,
nix wie num und a Fahrkart kauft!
Wie, Sie dürfed koine Fahrkarte verkaufe?
Na wechsled Se mr wenigschtens des Geld!
An Geldwechselaudomat? Dahinte?
Ja, wozu sitzed Sie na do?
Zum d' Leut romscheicha, oder wie?
Ha, isch doch wahr!
Und in vier Minute fährt mei Zug!

»Geldschein einschieben, Knopf drücken«,
könne vor Lache, des Scheißding klemmt!
Dr Geldschein isch weg,
und Kloigeld kommt au koins raus.
Ja Heideneih,
was mach i denn jetzt!
Und in zwoi Minute fährt mei Zug!

Also nix wie zrück zum Schalter!
Was i scho wieder will?
Immer no's Gleiche!
Und meine zehn Mark zrück!
Sie wissed nix von zehn Mark?
Dass Sie nix wissed, des glaub i Ihne glatt!
Und – jetz isch mei Zug weg!

Wared des no Zeite,
wo mr's mit Mensche zum do ghet hat!

Wieder drhoim

Wenn i verreist war,
na freu i mi immer
uff a Wirtschaft,
wo i Kässpätzle und Rostbrate esse ka.

Wenn i verreist war,
na freu i mi immer
uff a Gegend,
wo's Berg und Täler und Obstwiese gibt.

Wenn i verreist war,
na freu i mi immer
uff Leut,
die »Grüß Gott« und »Ade« saged wie i.

Wenn i verreist war,
na freu i mi immer
uffs Schwobeland.

Selbstverwirklichung

Du woisch net, was Selbstverwirklichung isch?
Pass auf, i erklär dr's!

Wenn d' Frau Bauarbeiter
beim Edeka an dr Kass 's Haushaltsgeld aufbessert,
des isch koine.
Aber wenn d' Frau Generaldirektor
uff dr Königsstraß a »Boutique« eröffnet,
na hat se sich selbscht verwirklicht.

Wenn du für dein Ma an Pullover stricksch,
des isch koine.
Aber wenn de abends in Töpferkurs rennsch
und Häfele aus Ton machsch, die koiner braucht,
na hasch dich selbscht verwirklicht.

Ob sich dei Mutter selbschtverwirklicht hat,
weil se im Krieg alloi vier Kinder großzoge hat?

Mr merkt, dass du nix verstande hasch!
Damals hat's doch no gar koi Selbstverwirklichung gebe!
Oder glaubsch du, damals hätt mr für so ebbes Zeit ghet?

Gleiches Recht für alle

Wenn Fraue älter werded,
krieged se graue Haar und Falte.
Wenn Männer älter werded,
hen se graue Schläfe und Charakterköpf –
sagt mr.

Fraue mit jüngere Liebhaber
hen Torschlusspanik,
Männer mit junge Freundinne
sin tolle Hecht –
sagt mr.

Fraue, die mit fuffzig
no a Kind welled,
sin egoistisch.
Männer, die mit sechzig
Vadder werded,
werded nomal jung –
sagt mr.

Gleiches Recht für alle –
sagt mr.

I sag's mit Wort

An Maler kann rede
mit Farbe und Licht,
der kann dr was sage,
au wenn 'r net spricht.

An andrer schreibt Lieder,
isch's reinste Genie,
macht froh dich und traurig
durch sei Melodie.

I möcht dr was sage,
i han was im Sinn,
schad, dass i koi Maler,
koi Musiker bin.

I sag dr's mit Wort,
des fällt mr net schwer,
aber Farbe und Tön,
des wär halt viel mehr.

Doch denk i mr au,
's wär lang net so nett,
wenn an jeder
die gleiche Talente hätt.

Fortschritt

No schneller fahre,
no komfortabler wohne,
no raffinierter koche,
no höher springe,
no meh erlebe,
no sauberer wasche,
no weiter reise,
no bequemer lebe.

No glücklicher sei?
No ozfriedener werde!

Bilanz

Gschafft han i heut 480 Minude,
455 Minude han i gschlofe
und ferngseh 209.

Im Audo gsesse bin i 84 Minude,
76 Minude lang han i gesse
und glese 31.

Gärgert han i mi 24 Minude,
18 Minude han i vertrödelt
und bruddelt 12 ahalb.

Gfreut han i mi 7 Minude,
4 Minude han i jemand globt
und glacht grad 2.

Eigentlich koi gude Bilanz,
wenn mr bedenkt,
dass mr jeden Dag bloß oimal lebe ka!

Beim Friseur

Schneide wie immer?

Noi, noi, i will's heut genauso gschnitte han wie die … die … die Dingsda aus em Fernseh. Mensch, wie hoißt se denn bloß? Moined Se, i käm jetzt uff dere ihren Name? Heut morge han i's no gwisst. Sie spielt in dere Fernsehserie mit, die immer Dienstagabends um halb achte im zwoite kommt. Da spielt se d' Mutter von ma Bua …

Ach, Sie moined d' Mudder Beimer aus dr Lindestraß?

Um Gottes wille, noi! I will doch net aussehe wie d'Mudder Beimer! Außerdem kommt doch d' Lindestraß im Erste.

Wer spielt denn sonst no mit in dere Serie?

Ha, dr … dr… ach, den kenned Se bestimmt. So an ganz Netter, Sympathischer. Also, der däd mr au gfalle. Wie hoißt 'r bloß? Dr Name liegt mr uff dr Zung. Aber moined Se, i käm jetzt druff? Sei Bruder isch au Schauspieler.

Ach so, dr Neutze.

Doch net dr Neutze! In ma Krimi hat 'r immer mitgspielt. Warded Se, sei Partner isch der Gentleman-Posträuber aus England. Wie hoißt 'r doch glei?

De Tappert moined Se. Und der spielt mit dere Frau in dere Serie?

Doch net der, dr Bruder!

Dr Tappert hat an Bruder, wo au Schauspieler isch? Des han i gar net gwisst!

Der doch net, sei Partner! Jetzt bringed Se aber au alles durchanander!

Ach so, sei Partner. Und wie hoißt der?

Des woiß i halt grad net. Des will i ja von Ihne wisse. Dr Tappert und die Dingsda. Dass i net lach! Die zwoi aus dere Serie sin doch 's neue Traumpaar im

Fernseh. Dr Tappert! Der könnt ja ihr Vadder sei! Vor kurzem isch se grad fuffzig worde. Aber se sieht wesentlich jünger aus!

I glaub, jetzt woiß i, wen Sie moined. Hat die net scho vor über zwanzig Jahr in Kinofilm gspielt?

Genau, die isch's!

Warded Se mal. G… Ihr Name fangt mit G a. An langer Name isch's.

G… ja, des könnt stimme. Aber lang isch der Name net, eher kurz. Oi Silbe, höchstens zwoi. I han's genau im Ohr. Schwarz? Noi. Kurz? Au net. Aber so ähnlich.

Noi, viel länger. Ogfähr so: hm, hm … hm … hm, hm, hm, hm. Und mit G, des woiß i gwieß.

Zu dumm. Da war sogar an Artikel in dr Zeitung, wo se fuffzig worde isch, mit Bild. Des hätt i glei rausschneide solle, wege dr Frisur.

Des macht nix. I woiß ja jetzt, wen Se moined. I komm im Moment net uff ihren Name, aber ihr Frisur han i genau im Kopf. Aber Sie, da müssed Se erscht d' Stufe rauswachse und überhaupt d' Haar a bissle länger wachse lasse. Und na müsse mr a Dauerwell neimache, sonsch hebed Ihne d' Locke net.

Wieso denn wachse lasse und Locke neimache? Die hat doch kürzere Haar als i, und Locke hat se au koine.

Gila! Jetzt han i's. Gila von Weitershausen. So hoißt se. Sehed Se, i han's doch gwisst: hm, hm … hm … hm, hm, hm, hm – Gi-la von Wei-ters-hau-sen.

Aber die moin i doch gar net! I will doch koi Frisur wie d' Gila von Weitershausen. Wie kommed Se denn uff die? Sie verwechsled des bestimmt mit em »Landarzt«. Aber da war ihr Partner doch der… der nette Dunkle mit dem runde Gsicht. Wie hoißt 'r doch glei? Der, wo meim Nachbar so ähnlich sieht, em Herr Vogt.

Herr Vogt, sag i immer, sie sehed genau aus wie dr … Moined Se, i käm jetzt uff dem sein Name? I glaub, er isch aus dr ehemalige DDR. Halt, noi, dass i nix Falschs sag. I glaub, des verwechsl i jetz. Des isch sei Nachfolger in dere Serie. Dr erschde Landarzt, der isch ja veroglückt. Und dr neue, i glaub, der kommt aus de neue Bundesländer.

Ach so, Sie moined de Manfred Krug.

Dr Manfred Krug und Landarzt! Der hat doch de Liebling gspielt!

Dr Krug? An Liebhaber?

Liebling hat 'r ghoiße, in dere Roll. Da hat 'r an Rechtsanwalt gspielt. Sehed Se, den Name ka i jetzt bhalte. Aber warted Se mal, des bringt mi uff a Idee. Sie hen doch vorhin von dene alte Film gschwätzt. Die Schauspielerin, wo i moin, die hat früher in ma Film gspielt, der hat ghoiße: Zur Sache, Liebling!

Schätzchen, Zur Sache, Schätzchen! Ach, jetzt woiß i au, wen Sie moined. D' Uschi Glas.

Genau die! Warum hen Se des denn net glei gsagt?

Uff em Land

I wohn gern uff em Land.
Da riecht d' Luft no gut
nach frischgschnittenem Gras,
manchmal au nach Mischt
oder nach Jauche,
aber nie nach Abgase.

I wohn gern uff em Land.
Da hörsch no Vögel zwitschre
und Schaf blöke,
au mal an Traktor tuckre
oder a Mähmaschin fahre,
aber selde an Laschtwage.

I wohn gern uff em Land.
Da sin d' Gschäfte no kloi
und d' Leut freundlich.
Da findesch immer an Parkplatz
und oin für a Schwätzle,
aber koi Hektik.

Uff em Land sin d' Uhre net standebliebe,
aber se ganged a bissle langsamer.

Alterserscheinunge

Wenn bei deim Äldeschde
d' erste Barthaar sprießed
und 'r sich an Rasierer zum Geburtsdag wünscht,
na merksch:
Mädle, langsam wirsch alt!

Wenn dr Friseur fragt,
ob 'r dr Strähnle färbe soll,
weil mr na d' graue Haar nemme so sieht,
na merksch:
Mädle, langsam wirsch alt!

Wenn de plötzlich findesch,
dass gsunde Sache
eigentlich gar net so schlecht schmecked,
na merksch:
Mädle, langsam wirsch alt!

Wenn de dei Jüngster mitleidig fragt,
ob's des »zu deiner Zeit«
no net gebe hat,
na merksch:
Mädle, langsam wirsch alt!

Wenn de überlegsch,
ob de so an kurze Rock
überhaupt no aziehe kannsch,
na merksch:
Mädle, langsam wirsch alt!

Wenn de in de Urlaub
dei eiges Kopfkisse mitnimmsch,
weil de sonsch morgens mit Kreuzweh uffwachsch,
na merksch:
Mädle, langsam wirsch alt!

's Verrückte isch bloß,
dass i mi ganz wohl drbei fühl –
wahrscheinlich isch des au a Alterserscheinung!

A bassends Gschenk

Du, was schenke mr denn dr Dande Hildegard zum 75.?

Gude Frag. Wie wär's denn mit Blume?

So a blöds Verlegeheitsgschenk. Fällt dr nix Bessers ei'?

Na halt a Buch.

Die liest doch bloß ihre Käsblättle. Und ihre Auge sind au nemme d' beschde.

Und Musikkassette? 's Radio ka se laut drehe.

Die kaufsch aber na du. I gang doch net in Lade und verlang d' Highlights dr Volksmusik. Und wie wär's mit ebbes für d' Gsundheit? Knoblauchkapsle zum Beispiel.

Die kauft se sich doch immer selber.

Ebe.

Na kasch ra au glei an Hundertmarkschei schenke. Immer dr gleiche Krampf: Schenksch du mr an Geldschei, schenk i dr an Geldschei. Aber möglichst im gleiche Wert. Da kasch na au dein eigene bhalte.

Immer no besser wie a Gschenk, des se net brauche ka. Also i freu me immer, wenn mr d' Leut Geld schenked. Aber wenn de moinsch. Bei alde Leud isch's vielleicht au anders. Wie wär's denn, wenn mr uns mit de andre zsammedo und ra gemeinsam ebbes schenke? A Videogerät zum Beispiel.

O verheb's! Die blickt ja scho bei dr Fernbedienung von ihrem Fernseher net durch und moint, wenn se mal uff da falsche Knopf druckt, dād ra dr ganze Apparat um d' Ohre fliege. Aber a gemeinsams Gschenk, des isch koi schlechte Idee. Was hälsch denn von ra Reise?

Vergiss es! D' Dande Hildegard goht doch in koi Hotel oder Pension. Die bsucht bloß no d' Verwandtschaft. Des drfür umso öfter.

Da fällt mr was ei. Mr schenked ra Beruhigungspille.

Wozu braucht die Beruhigungspille? Die isch doch d' Ruhe selber.

Späßle gmacht. I moin doch net für d' Dande Hildegard! Die ka se na dr Verwandtschaft als Mitbringsel schenke.

I verstand koi Wort.

Mr merkt, dass d' Dande Hildegard no nie länger als an Middag bei dir zu Bsuch war. Manchmal hat a kloine Wohnung halt au ihre Vorteil. Jetzt han i s! An Hund. Mir schenked dr Dande Hildegard an Hund. Na ka se nemme so oft verreise und a Asprach hat se au. Und den Hund stört's gwieß net, wenn d' Dande Hildegard die Gschicht von dem nette Dokter und ihre Gallestoi zum hundertschde Mal verzählt.

Die Idee wär eigentlich net schlecht. Bloß han i neulich glese, dass Leut mit Hund gsünder sin und länger lebed. Und denk dra, d' Dande Hildegard isch unser oinzige Erbdande.

Da hasch au wieder recht. Von dere Seit han i des no gar net betrachtet. Also, je länger i drüber nachdenk, komm i immer meh zu dem Schluss: Mr schenked ra doch Blume, au wenn's a Verlegeheitsgschenk isch. Und – in Verlegeheit sin mr ja schließlich.

Des mag i

Im Frühjahr a leuchtends Rapsfeld seh,
mit dr Familie zum Grieche esse geh,
bei Sonneschein in Urlaub fahre,
beim Kuche net mit Sahne spare,
mit ma gude Buch im Liegstuhl liege,
von nette Leut Komplimente kriege,
d' Nas ganz dief in an Fliederstrauß stecke,
a frische Brezel mit Butter druff schmecke,
mit Freund an lustige Abend verbringe,
ganz laut zur Musik im Radio singe –

mit jeder Faser, jedem Sinn
spüre, dass i lebendig bin –
des mag i!

Inhalt

Mehr von Ingrid Geiger

In Ihrer Buchhandlung

Der Zankapfel

Roman

Mit Humor, Selbstironie und einem Augenzwinkern erzählt Angelika ihrer Freundin per E-Mail von den Sorgen um den aushäusigen Mann und der Freude über die gewitzte kleine Enkelin, von Geheimnissen, Verdächtigungen und Geständnissen, dem Streit im Dorf, einem verpatzten Hochzeitstag, der Versöhnungsreise mit Hindernissen und schließlich von einem schwäbischen Apfelblütenfest …

224 Seiten.
ISBN 978-3-8425-1462-1

Huckepack ins Ländle

Heitere Bekenntnisse einer Reigschmeckten

Kaum aus dem Rheinland ins Ländle gezogen, stolpert Neu-Schwäbin Katharina munter von einer Aufregung in die nächste. Gut, dass es Freundin Julia gibt, der man einfach alles sofort berichten kann.

192 Seiten.
ISBN 978-3-8425-1343-3

Silberburg-Verlag

www.silberburg.de